Baden Album
1870-1930

1 Blick auf Baden von der Südbahn-Brücke in die Mühlgasse zur Pfarrkirche.

Photo M. Frankenstein, um 1875.

Herausgegeben von Mag. Günter Weber

Helfried Seemann und Christian Lunzer OEG.
1010 Wien, Seilergasse 19.
ISBN 3-85164-052-7

Herstellung: REMA*print*, 1160 Wien.
Bindung: Papyrus, 1100 Wien.
Gedruckt auf Profistar PRO, 150 g/m^2,
einem Produkt der Hannover'schen Papierfabriken Alfeld-Gronau,
geliefert von STIASSNY-PAPIER, Brunn am Gebirge.
Printed in Austria.

Bildnachweis: Bildarchiv der Österreichischen Nationalbibliothek: Abb. 1, 6, 47, 64, 80.
Archiv Dr. Handerek: Abb. 54, 90, 92, 104.
Archiv Zimmermann: Abb. 31, 41, 48, 49, 50, 69, 70 76, 94.
Archiv des Verlags: 2, 5, 9, 27, 33, 58, 62, 74, 83, 91, 97.
Alle übrigen: Archiv des Herausgebers.

Umschlagabbildung: Baden, Hauptplatz mit Rathaus und Pestsäule. Photo P. Ledermann, 1909.

Inhalt:

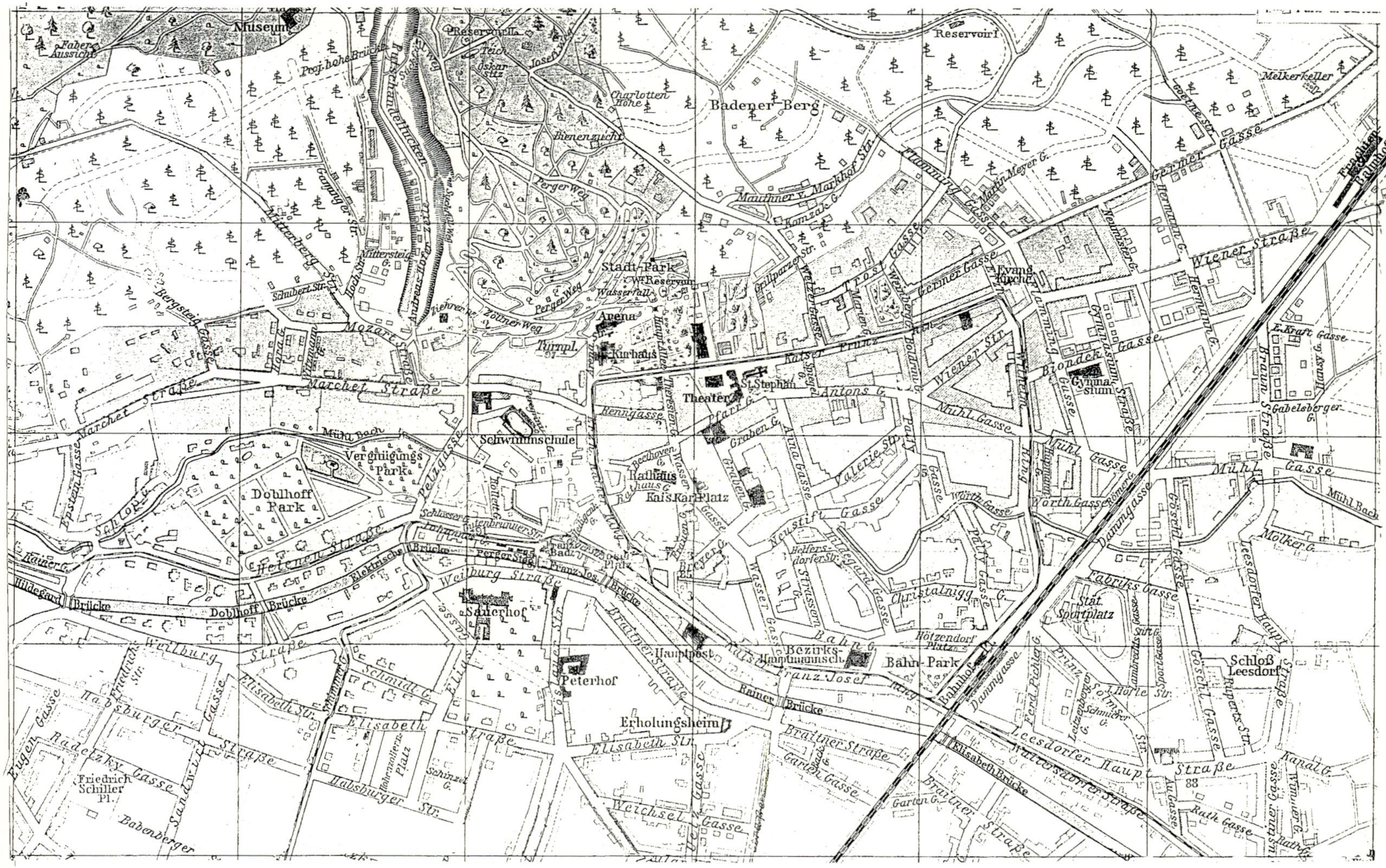

Plan von Baden, 1924

„Baden, die gottbegnadete Schwefelstadt, schmiegt sich am Ausgange des Helenentals in eine flache Mulde an die grünen Hänge der sie in einem weiten Bogen umsäumenden Berge, der Thermenalpen. Durch sie geschützt vor rauhen Winden aus Nord und West, nach Ost und Süd aber offen gegen die weite Ebene, gedeiht in ihrer Umgebung der köstlichste Wein.
Die alten heimlichen Häuser, die neuen schmucken Villen, ja selbst die hohen städtischen Gebäude versinken fast im Grün dieser weitgedehnten Gartenstadt. Nur der Kirchturm, manche Dächer, die Häuser am Berg und die Ruinen leuchten vergoldet von den Strahlen der Sonne. Der fremde Besucher, der durch den freundlichen Eindruck, den er bei der Ankunft gewonnen, überzeugt ist, hier alle Annehmlichkeiten des Landlebens zu finden, wird beim Betreten der Stadt noch dadurch überrascht, daß er hier auch alle Bequemlichkeiten der Großstadt zur Verfügung hat.
Baden empfängt alle in gastlicher Weise. Auf reinen, wohlgepflasterten Straßen, in mit schattenspendenden Bäumen bepflanzten Alleen betritt der Fremde die Kurstadt. Erstklassige Hotels, Gasthöfe, Pensionen und Privatwohnungen bieten bequemste Unterkunft. Die Restaurants, Cafés und Konditoreien stehen denen der Großstadt weder an Eleganz noch an Güte der Leistungen von Küche und Keller nach. Großstädtische Geschäfte aller Art befriedigen jegliche Kauflust. Die weltberühmten Heilquellen und Bäder, die mit allen Mitteln ausgestatteten Sanatorien und Kuranstalten befreien die Kranken von ihren Leiden, geben ihnen ihre Gesundheit wieder. Zerstreuung und Vergnügen Suchende kommen durch Besuch der täglichen Kurkonzerte, des Theaters, der Arena, der Kinos, mancherlei Feste und Vergnügungen, der Trabfahren und Motorrennen voll auf ihre Rechnung.
Die reizenden Spaziergänge in paradiesischen Parkanlagen und in die Umgebung dieser mit landschaftlichen Schönheiten überreich gesegneten Erdenfleckens, Besuche der Bäder, der Uraniavorträge und der wertvollen Sammlungen der Museen bringen in den täglichen Lauf der Dinge Abwechslung. Dazu kommt noch, daß die Lebenshaltung in Baden nicht gerade teurer ist als anderswo, daß im Gegenteil auch für arme Kranke hier in ausreichender Weise gesorgt ist, damit auch sie der wohltätigen Wirkung der Heilquellen teilhaftig werden können. Es braucht fast nicht erwähnt zu werden, daß auch in sanitärer Hinsicht durch vorzügliches Trinkwasser, Kanalisation, Staubfreihaltung der Verkehrswege alle hygienischen Voraussetzungen für einen gesunden Aufenthalt gegeben sind. Daher kommt es, daß jeder, der neu einmal im Badeort gewesen ist, diese Perle Österreichs gerne und oft wieder aufsucht, daß die Zahl der Gäste und Sommerfrischler, ja der ständigen Bewohner von Jahr zu Jahr steigt. So steht auch zu erwarten, daß die uralte Thermenstadt mit ihren heilsamen Quellen, mit ihren unvergeßlichen Naturschönheiten und ihrem gemütlichen Leben auch in aller Zukunft auf Gesunde und Kranke größte Anziehungskraft ausüben wird."
Diese Erwartung, die Walter Hermann 1925 in der Einleitung zu seinem Führer durch Baden ausgesprochen hatte, hat sich erfüllt. Wie die Stadt damals ausgesehen hat, ihre Straßen und Gassen, Hotels, Bäder, Geschäfte, Cafés und Gasthäuser, ist in den Photographien dieses Buches dokumentiert: die vielzitierte Verbindung der Annehmlichkeiten des Landlebens mit den heilkräftigen Bädern und den Vorzügen einer Großstadt. Sie hat sich Baden durch die keineswegs immer leichten Zeitläufe bis heute bewahren können, sie werden der „uralten Thermenstadt" auch weiters „größte Anziehungskraft" verleihen, für Gäste, Touristen und Einheimische.

2 Blick auf Baden vom Badnerberg mit dem Schneeberg im Hintergrund. Photo Hubmann, 1935.

3 Baden von Norden. Photo Swoboda, 1930.

4 Baden von Nordosten. Blick über die Weingärten gegen die evangelische Kirche und das Gymnasium. Photo C. Ledermann, 1900.

5 Baden, Panorama vom Kurpark mit Stadtpfarrkiche und Stadttheater. Anonyme Amateuraufnahme, um 1935.

6 Baden, Flugaufnahme: Braitnerstraße (links unten), die Schwechat mit der Erzherzog Rainer-Brücke, Cor
oben mitte die Marchetstraße, rechts Hildegard- und Annagasse, Chritalniggasse, Valeriestraße und Pfarr

Iötzendorff-Platz, Kaiser-Franz-Joseph-Ring, Josefsplatz, Weilburgstraße, Bahngasse, Wassergasse, Hauptplatz, Pfarrkirche. Photo Austroflug, um 1930.

7 Baden, Bahnhof der Südbahn. Photo Schiestl-Novotny, 1920.

8 Front des Bahnhofs mit Straßenbahn ins Helenental. Photo Wilhelm Stromek, 1905.

9 Kaiser Karl mit Gattin Zita und Kindern am Perron des Bahnhofs. Photo Schuhmann, 1918.

10 Bahnhof Baden, Perron und Geleise. Photo Ledermann, 1895.

11 Conrad von Hötzendorf-Platz, Haltestelle der Badner Bahn.

Photo anonym, 1930.

12 Haltestelle der Badner Bahn am Conrad von Hötzendorf-Platz, im Hintergrund der Bahnhof und der Viadukt der Südbahn. Photo Brüder Kohn, 1920.

13 Bahnhofplatz (Conrad von Hötzendorf-Platz), links Kaiser-Franz-Joseph-Ring. Photo K. Ledermann, 1910.

14 Hotel Central, Conrad von Hötzendorf-Platz. Photo C. Ledermann, 1895.

15 Badner Bahn, Endstelle am Josefsplatz. Amateurphoto, um 1925.

16 Kaiser-Franz-Joseph-Ring mit Straßenbahn ins Helenental. Photo P. Ledermann, 1910.

17 Kaiser-Franz-Joseph-Ring mit Post- und Telegraphenamt. Photo anonym, um 1900.

18 Hotel-Restaurant Brusatti, Kaiser-Franz-Joseph-Ring Ecke Roseggerstraße. Photo Hubmann, 1935.

19 Kaiser-Franz-Joseph-Ring 26, Haus der Apotheker Österreichs. Photo anonym, 1927.

20 Josefsplatz mit Hotel Bristol und Café Ebruster. Photo W. Stromek, 1909.

21 Josefsplatz mit Josefsbad und Frauenbad. Photo H. Brühlmeyer, um 1950.

22 Josefsplatz, Hotel Bristol mit Straßenbahn ins Helenental. Photo P. Ledermann, 1935.

23 Josefsplatz mit Endstelle der Badner Bahn. Photo H. Hubmann, um 1930.

24 Hauptplatz (Kaiser-Karl-Platz) mit Café Français (Zentral) und Pestsäule.
Photo Stengel u. Co., um 1890.

25 Blick zum Hauptplatz von der Theresiengasse. Photo Stengel u. Co., 1904.

26
Stadtpfarrkirche „Zum Hl. Stefan“.
Photo C. Ledermann, um 1895.

27 Eisenhandlung L. Schumits, Hauptplatz 22. Amateurphoto, um 1910.

28 Wassergasse mit Hotel Lamm. Photo C. Ledermann, um 1900.

29 Strassnergasse. Photo H. Brühlmeyer, um 1935.

30 Beethovenhaus, Rathausgasse 10 mit Leopold Zinobers Bäckerei. Photo H. Brühlmeyer, 1935.

31 Brusattiplatz, Obst- und Gemüsemarkt. Photo F. Mohr, 1905.

32 Zeughaus der Freiwilligen Feuerwehr im Bereich des Fischertores (Grabengasse).
Photo Schiestl-Nowotny, 1920.

33
Feuerwehrübung an der Fassade
der Volksschule, Pfarrplatz 1.
Photo Schiestl-Nowotny, 1925.

34 Gastgarten des Gasthauses Alois Weber in der Neustiftgasse 8. Photo Adolf Wolf, 1910.

35 Das alte Stadttheater vor dem Umbau. Photo F. Mohr, 1885.

36 Das Stadttheater nach dem Umbau anläßlich des 60. Regierungsjubiläums Kaiser Franz Josefs 1908. Photo P. Ledermann, 1925.

37 Theresiengasse mit Blick auf das Hotel Grüner Baum und Herzogshof-Kapelle.
Photo C. Ledermann, um 1910.

38 Theresiengasse, rechts Einmündung der Pfarrgasse. Photo anonym, um 1900.

39 Theresiengasse gegen Kurpark. Photo R. Jocham, 1910.

40 Städtisches Bade-Hotel Herzoghof, Theresiengasse 3. Photo P. Ledermann, 1916.

41 Städtische Bade- und Heilanstalt; heute steht an dieser Stelle das Parkhotel.
Photo C. Ledermann, 1905.

42 Die Städtische Heilanstalt im Kurpark, rechts im Vordergrund Sanatorium Dr. Th. Endletzberger.
Photo K. Ledermann, 1905.

43 Kurhaus. Photo F. Mohr, 1908.

44 Sommertheater Arena im Kurpark. Photo anonym, um 1900.

45 Blumenuhr vor dem Spielkasino. Photo Postkarten-Industrie, um 1935.

46 Spielsaal im Spielkasino. Photo P. Ledermann, 1934.

47 Kaiser Franz Josef in Baden bei der Besichtigung der Kuranstalt Dr. Lantin in der Gutenbrunnerstraße.

Photo Friedrich Schiller, 1899.

48 Villa Sobota, Mauthner-Markhof-Straße 5 Ecke Welzergasse, dahinter Georgsburg, Welzergasse 33 und Villa Hallay, Welzergasse 31. Photo P. Ledermann, 1911.

49 Hotel und Café Esplanade. Photo P. Ledermann, 1914.

50 Rollettgasse mit Gutenbrunner-Hof. Photo E. Schreier, 1923.

50 a Kurhaus Schloß Gutenbrunn.
Photo M. Sperling, um 1925.

51 Johannesgasse 25, Wohnhaus Wenzel Müllers.
Photo H. Brühlmeyer, 1935.

52 Franzensbad mit Straßenbahn ins Helenental. Photo Brüder Kohn, 1900.

53
Hotel garni „Zur Landschaft“,
Josefsplatz 6.
Photo Julius Zeissl, 1910.

54
Mozartstraße 9.
Photo Schiestl u. Wolf, 1910.

55 Mariazellerhof in der Marchetstraße. Photo P. Ledermann, 1927.

56 Pelzgasse mit Heurigem „Zum Jägerhaus". Photo H. Brühlmeyer, 1935.

57 Andreas-Hofer-Zeile, Kaiser-Franz-Josef-Museum im Hintergrund. Photo anonym, um 1910.

58 Kaiser-Franz-Josef-Museum. Postkarte, um 1910.

59 Bergstraße (heute Marchetstraße) mit Eibergers Restaurant. Photo C. Ledermann, 1895.

60 Karlsgasse mit Aquädukt. Photo Hubmann, 1925.

61 Schloß Doblhoff (Weikersdorf), Südostfront mit Loggia zum Park. Photo P. Ledermann, 1934.

62
Tanzbär vor dem Haus
Friedrichstraße 40.
Photo anonym, 1935.

63 Thermal-Strandbad. Photo P. Ledermann, 1928.

64 Flugaufnahme der Stadt mit dem Strandbad. Photo Austroflug, um 1930.

65 Weikersdorf, Blick von der Braitnerstraße zum Josefsplatz, in der Bildmitte die Kaiser-Franz-Joseph-Brücke über die Schwechat. Photo C. Ledermann, 1900.

66 Villa Dr. Strauch, Ecke Braitnerstraße–Vöslauerstraße. Photo C. Ledermann, 1895.

67 Hotel Goldener Löwe, Weilburgstraße 1. Photo Donauland, 1930.

68 Kaiser-Franz-Joseph-Brücke mit Blick auf das Hotel Goldener Löwe in der Weilburgstraße.
Photo Joh. Mayer, 1900.

69 Vöslauer Straße, Staatliche Kranken- und Badeanstalt. Photo E. Schreier, 1923.

70 Braitnerstraße 50. Photo M. Gabauer, 1930.

71 Weilburgstraße, Marienspital. Photo C. Ledermann, 1900.

72 Café Schopf, Weilburgstraße 5. Photo C. Ledermann, 1900.

73 Weilburgstraße mit dem Kurhaus der Bundesangestellten (Pension Melanie).
Photo E. Schreier, 1925.

74 Sauerhof; ehemals k.u.k. Militärbadehaus, Weilburgstraße 9–13. Photo P. Ledermann, 1914.

75 Karl Faschings Weinhaus, Habsburgerstraße 36. Photos J. Polak, 1925.

76 Schuhmacher Anton Halbwachs, Habsburgerstraße 28. Photo anonym, um 1900.

77 Jägerhausgasse. Photo Brüder Kohn, um 1900.

78
Konrad Wiechls Gasthaus
„Zum Touristen" in der Habsburgerstraße.
Photo Karl Trenka, um 1925.

79 Schießstätte Baden, südlich der Schwechat, Schützengasse 26. Photo C. Ledermann, 1900.

80 Panorama von Baden mit der Weilburg im Vordergrund, links der Holzrechen und die Helenenstraße, rechts der Aquadukt der Wiener Hochquellen-Wasserleitung.

Photo anonym, um 1920.

81 Ruine Rauhenstein und Kuranstalt Sacher im Helenental. Photo P. Ledermann, 1926.

82 Café Widhalm in der Helenenstraße, im Hintergrund die Ruine Rauhenstein.
Photo P. Ledermann, 1930.

83 Endstation der Elektrischen Straßenbahn ins Helenental, im Hintergrund die Villa Erzherzog Eugens. Photo C. Ledermann, 1897.

84 Villa Erzherzog Eugen. 1886 von F. R. v. Neumann für Erzherzog Wilhelm erbaut. Photo Schiestl u. Mössl, 1891.

85 Alte Brücke über die Schwechat zum Holzrechenplatz mit der Weilburg. Photo anonym, 1892.

86 Weilburg gegen Ruine Rauheneck. Photo C. Ledermann, 1900.

87 Die Schwechat im Helenental. Photo Joh. Marx, um 1890.

88 Alte Krainerhütte im Helenental. Photo R. Jocham, um 1900.

89 Joh. Dietmanns Gastwirtschaft im Helenental. Photo P. Ledermann, 1914.

90 Georg Schusters Restauration, Helenenstraße. Photo J. Swoboda, 1925.

91 Ausflugslokal „Zur Hauswiese“ im Helenental. Photo P. Ledermann, 1910.

92 Rudolfshof am Richtberg. Photo W. Stromek, 1911.

93 Schutzhaus „Eisernes Tor“ am Hohen Lindkogel. Photo P. Ledermann, 1910.

94 Ausflugsrestauration „Zur Cholera-Kapelle“. Photo Thomas Siebier, 1900.

95 Restaurant „Zur Einöde“. Photo K. Ledermann, 1906.

96 Leesdorfer Hauptstraße, links Kanalgasse und Augustinergasse. Photo M. Sperling, 1910.

97
Schloß Leesdorf,
Ansicht von Südosten,
und Festsaal.
Photo anonym, um 1890.

98 Trabrennbahn Baden-Pfaffstätten. Postkarte K. Ledermann, 1910.

99 Bahnhof Pfaffstätten. Photo Brüder Kohn, 1900.

100 Pfaffstätten, Albrechtgasse von der Badnerstraße. Photo J. Popper, 1912.

101 Pfaffstätten, Hauptstraße, links Stiftgasse. Photo F. Eisenmenger, 1931.

102 Tribuswinkel, Blick von der Traiskirchner Straße zum Kirchenplatz. Photo M. Sperling, 1910.

103 Tribuswinkel, Blick vom Bartensteinplatz zum Kirchenplatz. Photo F. Mörtl, 1930.

104 Tribuswinkel, Schloß Doblhoff vor dem Neubau 1918. Photo F. Mohr, 1905.

105 Tribuswinkel, Josefsthaler Straße. Photo M. Sperling, 1910.

106 Soos, Hauptstraße. Photo M. Sperling, 1910.

107 Soos, Haltestelle der Elektrischen Bahn Vöslau – Baden. Anonyme Postkarte, 1910.

Register
mit den Nummern der Abbildungen